천둥의 뿌리

천둥의 뿌리

이하석 시집

한티재

시인의 말

많은 죽음들에의 상처가 곧장 벼려지고, 망각될 수 없어서 계속 덧났습니다. 올해가 그 죽음들이 비롯된 지 70주년이 되는 해입니다. 그 죽음들을—또는 죽음들의 역사를—, 자주 써 왔던 '풍경의 언어'로 그려내는 게 아니라, 핥고 되새김질하는 언어가 되기를 바란 듯합니다. 이 도시에서 사는 이의 빚진 마음 탓일까요? 그래도, 나 역시, 여전히, 죽음의 사랑을 제대로 말 못 합니다.

다만, 이 시집을 꼭 대구에서 내고 싶다고 하자 흔쾌히 원고를 떠맡아 준 한티재가 고맙습니다.

2016년 9월, 가창 기슭에서

이하석

차례

제 2 부

제 3 부

제 4 부

제 1 부

어머니는 말합니다

아들아,
목구멍 넘기는 침묵의
가시가 자꾸 걸리는구나.

어미는 아직도,
무덤도 없는 죽음의 사랑을
—사로잡히지 않는 말로도—
말 못 한다.

사랑에 대하여

사랑이 창조한다는 건 거짓말입니다.
나는 사랑을 고백하면서,
당신이 내게서 점점 더 멀어지기를 꿈꿉니다.

죽음의 역사는
강요된 침묵의 소란한 안마당에서
사랑마저 애써 낯을 가리기 때문입니다.

어머니가 등을 켜네요

어머니가,
꼬박,
등을 켜네요.
평생 그래 왔듯,
안으로 우련히 켜지 못하고
바깥으로 겨우 거네요.

그 불빛으로
산에서 내려오는 길들이 켜지고
바닥을 끌며 올라간 발자국들의
힘줄들이 켜지네요.

살아낸 기억들이 지피는
고통을, 이별을
새삼 드는 제사.
대문간에 건 등 에워싼 바람이
인가의 숲 언저리에서만 수런거리네요.

>

그러면 어떤 길의 끝이
지펴지나요?
찾아질 수 없는 무덤들이 있어서
장례 치르지 못한
산길들만 후지게 휘어지네요.

신록 1

죽음 자리가, 저렇듯,
푸르름으로
무성할 수 있다니!

돌의 시간

고통과 너무 많이 떨어진
대낮의 약속은
죽음이 내몬 길에서
또 기다리는 이를 버립니다.

물푸레나무가 겨울의 입장을 세우듯이
기다리는 이에겐
수척하게 움츠린 남은 시간이 있을 뿐이지요.

이유가 없이 끌려간 당신의 길은
아직도 행방불명인 채,
늘 사랑의 약속 쪽으로 금이 간
돌의 시간일 뿐입니다.

말에 대하여

말을 놓은 건지,
말이 달리는지

말갈기가 가지런하지 않습니다.

길들이지 못한 말일까요?

무슨 말이든 타려는
나는 아주 극악한 놈입니다.
무슨 말이든 채찍질하는 나는
자신의 말을 타려는
당신의 살해자입니다.

죽음의 사랑의 말의 관계라면,
견고한 모래알의 그늘만이
산 자의 혀에 씹힙니다.
마른 저수지 바닥처럼
면목 없습니다.

빈집의 뒤안같이

빈집의 뒤안같이
기억마다 죽음이 파랗게
우거졌다.

우체부 안 오는
빈집의 뒤안 같다.

돼지감자

1

왜 잔인한 기억의 흙들에 뿌리내려 저리 퍼렇게 우거질까? 슬금슬금 밭떼기 가에서 솟아오르더니 여름 오기 전 못된 질문처럼 숲을 이룬다.

2

여름이 지쳐갈 무렵 노란 꽃들이 숲의 상부에 피어나 마구 주위를 살핀다. 자신의 뿌리 감추려 눈치 보는 걸까? 그 뿌리들이 여전히 주검들에 닿아 있다면, 가을에 밭주인은 울퉁불퉁하게 뭉쳐진 덩어리들을 캐내면서 문득 새로 드러나는 대답의 뼈들인가 싶기도 하리라.

3

돼지감자 뿌리는 당뇨 등에 좋단다. 주검들이 북돋워서 무성하게 했다면, 저 숲 갈아엎어 그 뿌리 맺힌 응어리들을 수확한 게 내 트라우마인 그리움의 치료약이 되기도 할까? 뚱딴지* 같으니라구? 글쎄, 저것들 점점 더 번져나가 총살한 이들 파묻은 언덕 덮은 것 보라구. 그게 자연스럽다면, 숨기려는 게 아니라 보듬는 것 아니겠어?

* 돼지감자의 다른 이름.

시를 쓰려 하니

시를 쓰려 하니
기억마다 말끝마다
살았던 뼈들이 부스럭거린다.

냉수처럼 수런대며
죽음의 뒤꼍들이
바다의 면목面目을 드러낸다.

죽음의 기억은

죽음의 기억은
잉걸불 담은 밥그릇 같다.
상 아래, 뽀얗게,
내려져 있곤 한다.

잉걸불은
천둥이 되지 못한다.
훅, 훅, 타서
재가 되기만 한다.

빛의 메아리는
여전히
미명의 어슴프레한 속을
떠돌 뿐이다.

또한 죽음의 기억은

또한 죽음의 기억은
집 나온 길 같다.

구불구불, 구절양장의 소화력이 있다.

남은 우리 삶들을 곧잘
막다른 골목 끝에 뚝, 뚝, 세워놓는다.

옻나무가 붉어진다

옻나무가 우선 붉게 상기된다,

지난봄 검은 얼굴로 죽음 파종한
저 산이
가을 들자 옻 오른 듯
온통 뾰루지 돋아날 때.

꽃

꽃은 자신만을 최대한
밝힌다.
자신을 한껏 피우는 것이다.

그러나 우리에게 죽음은
스스로 밝히려 하지 않더라도
끝내 피어나리라.

우리가 껴안은 죽음이
나만의 것으로 밝혀지지 않고
우리 모두의 살해임이 드러나리라.
그렇게 밝히리라.

그렇게, 끝내 피어나리라,
밝히리라,
우리들의 꽃은.

자신을 최대한 밝히는 게 꽃이듯,

그래, 자신을 한껏 피우는 것만이
우리들의 꽃이므로.

제2부

발인 1

맹
목의
발포가
그를 쓰러뜨렸습니다,
우리의 허기의 방아쇠를 당기며,
욕망과 소요의 길바닥에.

모두,
그 길바닥 짚고
일어나야 하리라.*

* 지눌은 「정혜결사문」에서 "땅에서 넘어진 자는 땅을 짚고 일어선다"고 했다.

발인 2

그가 죽은 다음날
대구의전 앞에 모인 만 명을
그가 일으킵니다.

주검을 울러메자
그 무게가
비릿하게 드러난 어깨들을
힘겹게 떠들어
올립니다.

발인 3

주검이 기억의 길을 냅니다.

죽음의 길을
밝혀내는 건
산자들 스스로의 삶을
더 멀리 보내지 않으려는 것입니다.

길거리에 함부로
죽음의 삶을 부려놓지 않기 위해서입니다.

발인 4

주검 싣고
햇빛 쬐는 길바닥 짚어나갑니다.

지진의 삼덕네거리 지나
우레의 중앙로로 해서
대구경찰서에 이릅니다,

발포의
맹
목의
눈을 찌르기 위해서.

노제

죽고 산 모든 것을
발자국은 염주같이 연결한다.
— 바오긴 락그와수렌, 「늑대」

1
죽음들이여,
우리를 자꾸 헤쳐줘요.
꾹, 꾹, 짚어서 새로 살려내줘요.
총 맞아 죽은 이의 원한만이
이 길의 광휘를 밟는
우리 발자국을 진행합니다.
이 길 밖에 우릴
세우지 말아주세요.

2
죽음들이여,
우리 미래를 뭉쳐주세요.
꾹, 꾹, 긁어서 도로 짚어주세요.
아버지가 간 길이
어느 틈에 아들의 절벽입니다.
그 위에 우리를 세워주세요.

3

죽음들이여,
우리를 파헤쳐주세요.
꼭, 꼭, 짚어서 여전히 불러주세요.
사방에서 몰려오는 죽음의 얼굴들이여.
우리는 당신들의 이름들을 맞추고
한 사람 한 사람의 무덤을 찾고 있나니.

4

죽음들이여,
우리가 결국 도로 나타낼 것입니다.
그러니 꼭, 꼭, 진면목을 물어주세요.
차마, 그 길 밖에 우릴 세워주세요,
뭇 이름들에 덧씌워진 어둠들이
광채 속에서 엮이게.

처형

미국국립문서보존소에서 1990년 발굴한 사진 넉 장*에 부쳐

1

여덟 명의 이름들이 불리어집니다.

여덟이지만,
하나로 엮일 뿐입니다.

돌아볼 수 없습니다.
앞으로만 엮인 채
차에 태워져
돌아앉은 골짜기의
가파른 그늘 안에 부려집니다.

새들이 침묵 밖에서 웁니다.
그건 엮어낼 수 없지요.
여덟은 하나하나가 못 되는
오직 한 묶음으로만 간주될 뿐이니,
어떻게 제 새를 더 듣겠습니까?

2

삽들이 던져지면
하나씩 잡을 뿐입니다.

여덟은 엮인 하나일 뿐입니다.

하나로
한 구덩이를 팔 뿐입니다.

서로 부딪치면서
서로 엮인 걸 불편해하며
다만 절망의
역사의 깊이를
팔 뿐입니다.

함께 겨우
들어갈 만하게,

다만, 충분히 남모르게,
깊게,

3

함정 밖에는
헌병들이 둘러쌌습니다.
그들도 여덟이지만,
엮인 하나일 뿐입니다.

그들은 스스로를 각자 돌아보지 않습니다.
다만 여덟 중 자신의 하나만을
겨눌 뿐이지요.

그리하여 한꺼번에 여덟 발이 쏘아집니다.
여덟 명은 엮인 채
스스로 판 구덩이 안에

한 무더기로 쓰러집니다.

4

헌병들은 구덩이를 메워버립니다,
자신들의 그림자들마저
묻어버릴까 봐
조바심하며.

평지로 다진 다음
바람이 쓸게
내버려둡니다.

매장시킨 역사의 뒷그늘은
바람처럼 혀가 없지요.

서로 여덟이지만,

각자 하나일 뿐인
행방불명이 그렇게
버려집니다.

* 대구 인근(송현동)에서 1951년 4월에 자행된 민간인 학살 과정을 주한미군 군사고문단이 촬영한 것. 『대구, 그 아픈 역사의 조각들』(4·9인혁열사계승사업회 펴냄, 2013)에 네 컷이 실려 있다.

호명 1

그들이 내 이름을 부릅니다.

호명 소리는
핏줄을 오그라들게 합니다.
오 이 비현실의 내출혈.

그들이 내 이름을 부릅니다.
대답하면 나는 너무 명백하게 드러나버립니다.
가창골, 송현동, 상인동, 본리동, 앞산 빨래터 계곡, 경산 코발트 광산, 칠곡 신동재와 돌고개에서
모든 나는
그렇게 죽음 앞에 세워지지요.

숨을 곳 없는
거친 땅 속을 내 의심의 손으로 하여금 후벼파게 해서
그 속에다 나를 뉘어버리는
저 호명.

호명 2

누가
한 번 호명한 다음
날 파묻어버렸는가요?

내 이름 소리가
흐린 공기 속 퍼져나갔기에
어쩔 수 없이
돌의 텅 빈 귀 속에
새겨집니다.

돌은 거칠고 각진 역사의 얼굴을 가졌을 뿐입니다.

다시 한 번 다른 목소리로
불러줄 수 없나요?
사랑이라면,
내 이름은 꽃밭처럼 새로
환히 치켜들리겠지요.

>

그래요,

우린 서로

여리게 돋아나

간절한 존재로만

헤적여져야 해요.

발굴

가창골의 한 군데가 짚입니다.
노인의 흐린 기억의 갈피를 뒤집니다.

밭뙈기 옆으로 산 내려온 풀넝쿨들이
그늘을 엮어놓고 있습니다.
그 속 지저귀는 새들의
사랑길이 나 있습니다.

그들은 밧줄로 엮인 채
산길을 끌며 올라와
이쯤에서 제 무덤을 팠겠지요.
제가 판 함정에 빠지지 않으려
주변의 비탈을
손가락으로 긁어대며 버텼겠지요,
풀넝쿨처럼, 악착으로.

그러나,
포클레인으로 몇 군데를 파보아도

주검의 단서조차 나오지 않습니다.
노인이 잘못 짚었나요?
또는 아무리 헤집어도 답을 낼 수 없는
흙의 미궁 속으로
모든 게 잦아들어가버렸는가요?

허망에 고착되지 못해
주검들이 이 부근을 끊임없이
떠돌고 있음이 느껴집니다.
우리는 왜 망각의 기억들을 잘못 짚고만 있는가요?
풀넝쿨이 덮은 속으로
지저귀는 새들의 사랑 길만 깊어 보입니다.

여기까지

여기까지가
다이다.

바람의 푸른 벽.

여기,
짐승처럼,
우리가 숨을 모으는 곳.

여기까지
포승에 엮인 채
끌려온 삶이
그들이 주는 삽과 곡괭이로
제 무덤을 판다.

모든 희망은 그렇게 바닥을 드러낸다.
그래서 노래 부른다,
끝날 수 없는 시작의 꿈을 합창한다.

총구가 그 노래를 겨냥한다.

마침내 총알이 뇌수를 뜨겁게 관통하고,
흙 움켜쥔 채 뻗대는 손아귀 마구 거두어
우리는 한꺼번에 구덩이에 던져진다.

그리고, 흙으로 덮여버린다.
그렇게 행방불명이 된다.

여기서부터
여기서부터
누가 우리를 발굴하여
새로 영원의 노래를 널지?

불멸의 노래

총알 받은 몸이사
콩알처럼 나뒹굴었지.

마침내 비가 올 게야.
그 젖은 땅에서
콩이 싹트듯

내가, 우리가
날 거야.

죽기 전 저항의 노랠 불렀으니
모두 영원이 되고
불멸이 될 거야.

그래, 그래,
새벽의 어둠이 우릴 피워 올리기 위해
마구 수런거리겠지.

>

마침내 너끈히 세계의 상공에

꽃들 뽑아 올려질 거야.

아기도 위기를 느꼈을까?

이와 같이 들었다*. 헌병들이 갑자기 들이닥쳤다. 여자는 그들 몰래 아기를 풀꽃바구니인 양 담장 밖 풀숲에 던져버렸다. 남편과 함께 끌려 가며 여자는 자꾸 뒤를 돌아보았다. 행여 울음소리가 들려 아기마저 잡혀 가 죽지 않을까 걱정이 됐던 게다. 담 밖에선 아무 소리도 들리지 않았다. 아무, 소리도, 들리지, 않았다. 아무소리도들리지않았다. 부부가 끌려서 동네를 나가자 비로소 아기 울음이 꽃처럼 왈칵, 솟아났다. 마을 사람들이 안아올리자 엄마를 찾아 크게 울어댔다. 아기는 어떻게 오랫동안 고요할 수 있었을까? 본능적으로 제게 닥친 위기를 느끼고 그들이 사라질 때까지 울음을 참았을까? 어쨌든 그렇게 아기는 살아남았다. 여전히 버려져서, 돌아오지 않는 어미 애비를 기다린다.

* 불경들은 대개 '如是我聞'으로 시작된다.

컨테이너

1. 방문

컨테이너가
여기까지
와 있습니다.
모욕의 구비를 돌아
고통으로 매듭진 길 짚어서
컨테이너가
이곳에
와,
있습니다.

멀리 경산 코발트 폐광산에서
이곳 광주비엔날레 광장 입구까지
와서
덜컥,
불 꺼진 열차칸처럼
서

있습니다.

컨테이너에는
서로 모르는 질문과 대답처럼
작은 창이 뚫려 있습니다.

아무것도 따로 들먹일 수 없어
사람들이 겨울 들판에 선
눈사람들처럼
침묵과 망각의
창을 들여다봅니다.

그러나 들여다보는 눈길과
내다보는 시선은
서로 검은 벽의 침묵의 반대편일 뿐.
아아, 힘겹게 옮겨왔으나
애써 막아버린 저 불통.

그 안에는
핏기도
추억의 살도 없는
마른 뼛조각들이
담겨 있습니다.

머리뼈, 갈비뼈, 어깨뼈, 팔뼈, 다리뼈들
한데 얽혀
서로 부딪쳐도 온전한 자기 몸 찾을 수 없어
더욱더 흩어질 수 없다는 듯
함께 있습니다.

그러나 서로, 보여주지 못한 채,

서로 검은 벽의,
서로 감추는 침묵과
서로 덮는 대답을
넘어서

잔혹의 거기서, 질문의
여기까지
새로,
와,
있는, 것입니다.

2. 매장

1950년
여름 더위의
결빙.

대구 형무소에 갇힌 양심수들과 국민보도연맹원들은
구석 없는 광장에서
귀를 막지만,
죽음의
호명으로, 마구,

끄집어 올려집니다.
한데 엮인 채
녹색의 차에 올라,
바리바리,
경산 코발트 폐광산에 실려 옵니다.

그들을 둘러싼
군경들은 남색의 하늘 아래
천막처럼
서 있습니다.

관리와 교화로 엮인 보도연맹원들은
포승의 상처로
파랗게
멍든 채
몇 명씩 조를 이뤄 수직 갱 위에
세워집니다.

>

갱 구멍이 눈 흘기는
역사 같습니다.
컴컴하게
아가리를 벌리고 있습니다.

군인이
앞의 한 명을 쏘아
갱 속으로 떨어뜨리자 한데
엮인 이들
줄줄이
산 채로
따라서
떨어져 내립니다.
숨 막힌 미래 속으로
셀 수 없는
몸들몸들몸들 붉게
쏟아져 내립니다.

>

수천 명이 쏟아져 내렸어도
한 명도 게워올려지지 않습니다.
거대한 위장의 소화력으로
1950년 한여름의 더위는 캄캄하게,
결빙되고,

그리고는 그 위에 흙을 덮어버립니다.

곧장
죽음의 정보는 봉쇄되고,
폐기됩니다.

3. 발굴

오래 잊혀졌다가,
2005년 진실화해를위한과거사정리위원회가
침묵의 구조를 발굴하기 시작합니다.

초혼하는 굿판에
열리는
희게 바랜
어둠.

곧장 수많은 뼈들이 드러납니다.
갱도의 어둠 속에서 그들은
꽃처럼
하얗게 피어납니다.
이 주검들의 산수算數는
금강석의 어둠을 켜는 것.

그러나 진실화해위원회는 또다시
진실 덮는 힘에 의해 이내 해체되고
발굴은 중단되고 맙니다,
갱도 안에 아직 수천의 주검들이 묻혀 있는데도
거의 드러나지 못한 채.

발굴된 유해들 역시 안치할 곳 없어
컨네이너 안에 갇힌 채
방치됩니다.

아아, 지금도 여전히
정처 없는
남색의 산길이
역사처럼 어두운
갱도의 구덩이 속으로
빠져듭니다.

초혼하는 굿판에
깔리는
희게 바랜
어둠.

유족들은 구덩이 속인 양
아득히 제 속에서 천둥의 말을 길어올립니다.

"죽은 이의 뼈에 어데 적이 있고
내 편이 있노? 이 뼈들에
빨갱이가 어데 있노?"

초혼하는 굿판을
저항의 바지랑대에 거는
희게 바랜
어둠.

4. 만남

그 뼈들 담은 컨테이너가
긴 산들 넘어
2014년 9월 3일 광주비엔날레 전시관 앞마당에
당도합니다.

네비게이션 아이디*는

어디로 이들을 인도하는가요?
까만 눈가리개를 한 채
자신들이 발굴한 뼈들을 안고 온
유족들을 오월어머니회의
어머니들이
맞아 품어줍니다.
어머니들이여, 당신들의 품에서
더 큰 고통의 뼈가 만져집니다.

사람들의 눈이 커집니다.
마당에
턱,
놓인 컨테이너가
무엇을 겨우, 열어놓으려는 것인지,
조그만 창문 안을,
그 막힌 창을,
기막힌 시선으로
두드립니다.

어떻게 서로 검은 벽인지,
그 침묵을
안간힘으로
노크할 뿐입니다.

그래, 이 마당에
국가란 무엇인가요?
밝힐 수 없는 죽음을
성찰하지 못하는**
우리 사회는 어떤 고통의 속인가요?
책임의 윤리는 무엇인가요?

질문만이
어둡게 빛나는,
봉합된 이 광장의 공기를 숨쉬며
컨테이너는
묵묵히 버팁니다.
안과 밖이

더 이상 부식되지 않기를
바랍니다.

그 속에서 내다보는
시선을 느낀다면
당신은 행불의 아버지를 부르며
엄마를 찾으며
울어야 할 것입니다.

5. 귀환

그리하여 뼈 담은
컨테이너는
다시 돌아옵니다.
자리 없는 곳에
있었던 그대로,
도착하여,

기러기떼처럼
앉습니다.

안착할 수 없는
죽음의 역사,
그 깜깜한 구덩이
곁.

"아직도 왜 이 자리인가?"라는
질문이 또
살피며 쓰는 어두운
침묵의 자리를
각진 컨테이너는
역사의 속박과 결박의
살이 덧난 채로
자신들을 묻어버렸던
어두운 터널 앞에,
명백하게

서 있습니다.

* 2014년 광주비엔날레 기간 중 전시관 광장에서 임인욱의 '네비게이션 아이디' 퍼포먼스가 펼쳐졌다. 경북 경산과 경남 진주에 방치되어 있는 한국전쟁 당시 민간인 피해자 유골이 담긴 컨테이너 두 개를 전시장 앞마당까지 호송하고, 유가족들을 오월어머니회에서 맞이하는 퍼포먼스였다.
** 임인욱은 '밝힐 수 없는 공동체, 헐벗은 삶, 죽음'의 관점에서 이 작품을 재조명했다고 말했다.

제3부

나무들

사람들 마구 죽여
파묻어버린 땅에서
솟아난

저 나무들은
햇볕 강하게
쬐어도 속속들이
환해지진 않는다.
완강한 기억의 표상으로
안으로만
우거져
사랑은 커진다

바람이
피면
몸
전체로
제 뿌리에서 올라와

우거진 죽음을
분다

바람
자면
그 그늘
아래서,
살아있다고
죽은 이의 자식들이
온몸 사방팔방
접는다

질문의
합동 제삿날,
묵념하다 문득
올려다본다
새가 현기증을
걸어놓고

간

우듬지에

조기처럼,

또는 국가보안법인 양

높이

걸린 채

내려다보는

골 아래서 날아온

검은

비닐

살아가는 이들은

죽음을 같이 안고

살아가는 이들은,

저희들끼리 속삭일 때도

자주 말톱을 깎는다.

말톱 부스러기들 쓸어 모아

각자 쓰레기통에 버리는

그 비밀스런 의식儀式 때문에

갑자기, 버럭, 정을 내며

서로 돌아본다.

해마다 찾아오는 노인

"이 동네 개울물엔 비린 맛이 있지."
해마다 동네 찾아오는 이가 구시렁대는 말.

개울물 손가락에 찍어
혓바닥에 대보는 동네 사람들은 없지만,
그는 아직도 그 맛으로
스스로의 삶을 간 보는 모양이다.

그래, 그때 모든 게 끝났지.
아니, 그때 모든 게 시작됐지.
주검들 마구 처넣어 파묻어버린 갱에서
새어나온 핏물로 개울이
붉게 동네 감돌아 흘렀지.

그래, 여지껏 그가 제 애비의 피 그렇게
제 몸에 끌어들이듯
동네 사람들도 제 논들에 기꺼이
그 물 끌어들일 수밖에 없었다.

다만 동네 사람들은
제 논물마다 얼굴 비춰 보며
그 얼굴 수많은 죽은 얼굴들과 겹쳐지는 걸
아직, 서로
들키지 않으려 한다.

애비 죽인 세월 밝혀지지 않아
애비 얼굴 닮은 그 자식의
흐린 삶의 밑바닥이 또 개울물처럼
상기된 채 훑어진다.

죽음이

죽음이—또는 '죽음'이란 말이—

망각의 갈피에 쌓인
모래 그늘처럼,
내다본다.

그렇게 서걱이는
그림자가 있다.

잦은 문단속에도
못된 질문처럼 드나들며
늘 문풍지처럼
징징댄다.

밤에 환히 엄습하는 빛,
낮꿈의 갈피를 여는 어둠이
늘 챙겨지지 못한 숙제처럼
제각기 흐린 창을 갖고 있다.

>

죽어서도
포승 풀지 못한 채로
밤낮 살아나곤 한다고,
못된 질문처럼
퀴즈 내는 아이처럼
꼭, 꼭, 내다보며
답해라, 말하라고 재촉한다.

그 무덤들이 우리 안에 없다면

우리 안에
그 무덤들이 없다면,
저들이 지운 흔적의 압화押花 속에
고스란히 있다.

안팎에서
부르는 호명에 귀 막는
빈 메아리의 골에
푸른 산의 갈피에

봉분도 없이 있다.

아무도 찾지 못하는 곳으로만
버려져
있다.

행방불명으로 있다.

우리 안에 있으면
푸나무처럼 솟아나
절망과 희망의 광합성으로
서로 우거질 테지.

그러나 아무 곳에도 없어
이 강산 도처에서
계속 파헤쳐지는 질문의 삽질.
빠른 대답으로 드러나지 않는
그 뼈들.

망각의 껍질을,
꺼리는 질문과 대답으로
파들어가서
어리둥절하게 만나는
역사의 민낯이여.

사방팔방 침묵하지 못하는

초혼의 말들만
만수 넘본다.

꽃 제사

사람들 트럭에 실어 와
이 골에서 총살한 다음 묻어
버렸지요.

봄엔 제비꽃과 민들레꽃들만 낭자하게 속 터트려 덮더니,
여름 들자 수만의 망초꽃들 솟아올라 뭇 색色들을 점령해버립니다.

이 땅 위 환하게 가난한 욕망의 비 세우기까지
주검들 꽃들로 덮고,
또 극진하게 밝혀 들어 불 꺼트리지 않는 게
철마다 이 강산에서 서럽게, 당연하게 이어지는
제사 아니겠느냐고

당신은 또 새삼스럽게 더 설명하는가요?

어떤 풍경 사진

길은
사랑이 무르익기 전까진
집을 가르쳐주지 않는 이 같습니다.
끊임없이 구불거리며, 나타납니다.
전혀, 막다르지 않습니다.

나는 굴참나무 아래서
죽음 쪽으로 떠밀려간 이들의
외길을 짚습니다.
누가 주춤거리며 돌아보고
누가 재촉하는 게
잔광 속에 찍혀 있습니다.

어떻게 남겨진 사랑이 긁어낸 풍경인가요?

풍경의 헤진 언저리에 우거진
어둠을 좀 더 밝게 인화하면,
행방불명으로 도드라지는 이름들과

아버지의, 되돌아 나오지 못한
막다른 길이 보입니다.

중석광산골

이쯤 또는 저쯤,
금기와 욕망의 거리 사이에서
나무들이 솟아납니다.
죽음의 기억이 무성해지는 게지요.

학살이 왜 그렇게 유행했던가요?
이마 빛나던 혁명가도, 한 노래로 농사짓던 아비도, 안으로만 제 몸 짓뭉개던 예술가도, 바깥 꿈꾸던 아나키스트들도, 권력에 자를 들이대던 노동자들도
모두 한 구렁에 처넣어져버렸습니다.
셀 수 없었던 그 주검들 다 제대로 썩었는지
아직 백골이나마 남은 게 있는지
70년이 되어가도록 끊임없이
그 기운 물과 함께 전신 타고 오르는지
나무들이 해마다 더 독하게 푸르러집니다.

가을로 접어들어서야
나무들은

우거진 침묵의
마음
색색으로 풀어서
드러냅니다.
제 독기
수줍게 벼리지 못해
온 마음의 갈피들
붉게 노랗게 물들여선
바람에 실어
버립니다.

내년 봄이면 더 새파랗게 돋아날 텐데도.

애비의 죽음은

그녀에게 애비의 죽음은
구름 같은 밥의 질문 안에 있지요.

꼬박꼬박 졸다 깨는
자식 자리 윗목에 묻는 밥의
식은 명백明白의 대답 같은 침묵이지요.

목구멍 넘기기도 전에
걸리는 사랑이라는 말의 뼈.
그 속에서 늘 우레가
수런거립니다.

천둥의 뿌리는
희디흰 생계 속에 있어서
분홍 아이스크림의
그 단맛 나는 길쯤이사
에돌아왔지요.

그녀에게 삶은

그녀에게 삶은
강물 아래 엎드린 돌 같았지요.
역사의 증오의 홍수의 무게에 짓눌리며
그 무게나마 꽉 붙들어서
떠밀려가려는 걸 버팅겨냈지요.

강물 아래 엎드린 돌같이
살아냈지요.

죽음의 구조만이

죽음의 구조만이
우리를 갈라놓지 못합니다.

푸르름으로 엮여진 양쪽 풀덤불 속
오가며 지저귀는 새들이
떠들어 올리는 통증의
큰 산하들.

그 산들 속 수만의 무덤들 밖에는
내 아버지의 것도
행방불명으로 있습니다.

서로 반대편의
백두대간 골짜기 훑으며
끊임없이 흘러내리는 개울처럼
중얼거립니다, 각자,
먼 길을 서로 헤아리는 게지요.
푸르게 엮어진 양쪽 풀덤불 속

오가며 지저귀는 새들의 직선코스만이
명백하게 돌아보일 뿐입니다.

그 산들 속 수만의 무덤들에는
당신의 아버지의 것도, 여전히,
행방불명으로 있습니다.

기억의 욕망이 다녀갔습니다

기억의 욕망이 다녀갔습니다.
나는 그 흔적을 읽을 수 있습니다.
뭇 것들의 그늘들이 흐트러져 있는,
낯익은 무게로 찍은 발자국의
부드러운 흙냄새를 맡을 수 있습니다.

죽음의 사랑은 돌의 기억만으로
막히기 일쑤지만
그 기억은 막무가내의 기세로
우리들을 다녀갑니다.

그 자리에는 그늘 많은
숲이 수런거립니다.
글쎄, 그 가장자리가 흐트러져 있습니다.
나무에는 매미의 빈 껍질도 붙어 있네요.
멀리 살아온 이의 기억의 집입니다.
바람이 언젠가
평생 울음으로 자신을 탕진하는

삶의 침묵을 마구 흔들어버릴 것입니다.

해체의 기억이 다녀갔습니다.
기억은 증거를 남기지 못하는
산 이들의 말의 물집만 터트려놓고
사라집니다.

많은 기억들로 굳어버린
상처의 그늘은
곰팡이가 슬어도
이끼로 덮인 풍경이어도,
우리에겐 지우다 남긴 연애편지같이
은밀하게 남겨집니다.

낙엽 밟는 이에겐

낙엽 밟는 이에겐
달리 되돌릴 말이 없습니다.

숱한 죽음의 말들 떨어져 쌓인 길은
끊임없이 발밑이 버석거려
그 이별만 치대는 소음 때문에
제 속의 사랑의 숨결조차
아무 소리도
쉬 열리지 않을 것이기 때문입니다.

회도 없이 닫아버렸으니

회도 숯도 없이 닫아버렸으니,
(닻 없이 떠돌며)
시도 때도 없이
내게로 오네.

그래서 당신은 만수 멀리 가까이도 못 받네.

그래서 나는 까마득한
기억의 문지방에서
부재不在의 애증을 되새김질만 하네.

제 4 부

기척

바람이
뒤결 푸른, 희게 바랜 기억의 대숲에
햇빛을 명기明記합니다.

훤한 대낮에
포승에 묶인 채 끌려간 이 있었지요.
시신조차 돌아오지 않았지요.
여전히 어디에도 없는 듯하지요.
다만 평생 제자리에 붙잡혀 살아온 딸이
바깥바람 무슨 소식으로 서걱대는가 하고
또, 내다보지요.

살아남은 이들이
사랑으로 밝아오지 않는 언저리로, 끊임없이,
기척이 있을 뿐.

대숲 서걱이는,
바람결 다독이는

바깥 풍경을
다 애비의 무덤이라고 말하는 건
무슨 기척에 대한 화답입니까?

방천시장

시월문학회에 부쳐

죽은 가수의 되살아난 노래가
누구에게든 사랑하는 이 부르는
힘이 되는,

노점의 할머니도 훙얼훙얼,
푸성귀 다듬는 힘으로
도시의 봄을 파는,

또한 이 도시의
많은 죽음들의 기억을
되지피듯

젊은 예술가들이
오래된 좁은 골목마다
제 질문인 양 기웃대다가
못할 것 없는 노랫소리로 내다보면서
거둘 수 없는 대답의 손들
흔드는,

나는 기억한다

나는 다 기억한다.
기억해야 한다,
총성에 칼 물고 날아오르던 새와
그 총에 쓰러진 이가 부르던 노래를.

노래는 벼린 어둠 뚫고 올라
내 미래의 검은 선을 그으며
날아올랐다.

지금도 여전히, 푸른,
와락, 눈 뜬 채 달려드는
그 메아리.

아주 오래된 지금에사

아주 오래된 지금에사

당신의 이름이 새로 불리어지네요.

그러면 나보다 훨씬 젊은 애비의 모습을

나 역시 새로 알아보네요.

그뿐,

당신은 여전히 행방불명이네요.

뭇 삶의 뒤꼍에 숨겨진

침묵의 구조는

여전히 화강암의 속을 닮이네요.

>

그 어둠으로 간을 맞추어

밥 먹는

삶이여.

아주 오래 달궈온 호명이

응답의 뜸을 들이네요.

하늘걷기

침묵과 망각이 개발해낸 작은 공원.
노인들이 하늘걷기를 합니다.

숱한 이들 죄 씌워 파묻어버린 땅은
헌 데 표시 없이
편편하게 다져졌지요.
거기 놓인 운동 기구들 중 하늘걷기가 편해서
노인들은 줄창 하늘걷기를 합니다.

이곳이 처형의 터임을 아는 이도 있지만,
침묵과 망각은 또다른 건강법으로 대체됩니다.

하늘걷기 하는 노인들의 그림자 담은 개울이 문득
기억 바랜 여울 소리를 내지만,
숲에서 지저귀는 새소리와 함께
돌이킬 수 없는
시간의 안 결 같은 울림일 뿐입니다.

>

저녁이 되어 노인들이 돌아간 뒤에사
못된 기억들 캄캄한 공원 둘러싼
숲 헤적이는 바람으로 뒤숭숭합니다.

신록 2

뭇 것들의 무덤인
이 땅에서
우리를 지펴줄
푸른 불의 숲이 무성하게
우거지고 있습니다.

사랑은 어서 오라고 안달하지 않습니다.
반대로 끓어 넘치지요.

내가 돌로 굳을 사랑을 가지고 있다면

내가 돌로 굳을
죽음의 사랑을 가지고 있다면
기다림이 오히려 꼭꼭 창을 닫고,
미래는 창의 북쪽 아래 켜져 있는
그늘 속의 꽃 같습니다.

그 꽃 지면 그늘도 머뭇머뭇,
희뿌옇겠지요.
끊임없이 바람의 질문들이 에워쌀 테니까요.

가을

이제사
뭇 죽음의 기억의
서럽게 물든
말들의
잎들을

몸에서
떼냅니다.

그 잎 진 마당 싸리비로 쓸듯이
겨울이 옵니다.

별지기

뒤안에 별들 저장해쌓더니
아이는 왜 빛의 속으로
달아났지요?

백발 되어
죽음의 사랑의 잔광殘光마저 탕진한 채
돌아와 어두운 눈으로
뒤안을 뒤집니다.

옛 그대로 저장된 별들 찾아냅니다.

이제부터는 더 어린 별지기가
그를 아득하게 엽니다.

나의 아름다움

릴케의 시*를 따서

누가 우는데
저 혼자만 우는 게 아닙니다
나도 왈칵, 뜨거워집니다

누가 즐거운데
저 혼자만 즐거워하는 게 아닙니다
나도 덩달아, 들썩입니다

누가 부르는데
저 혼자만 부르는 게 아닙니다
나도 가쁘게, 기척합니다

물론 당신이 벙글면,
나도 피어납니다

이런 게 나의 아름다움이죠
그 힘으로 일어납니다

* 릴케, 「마음 무거울 때」.

신천

비슬산의
숭엄과 신화의 바위가
검은 속 왈칵왈칵 쏟아내어
질펀한 서사를 이룬 것입니다.

그 물 대구시내 들어오는
가창 끝머리쯤에서
많은 죽음들 품어 쓰다듬는 할머니가 떠먹고,
한바탕, 서러운 술을 깨우는 것입니다.

그렇지, 그 깨움을 듣고서야 겨우,
어미 강이 되는 것입니다.
수달이든 왜가리든 고라니든 인간이든
산 것들 입에 젖 물린 채
마구 불어나는 것입니다.

그 죽은 이들의 자식들 여전히 여기서 자라기에
대구분지는 그렇게 문득 또, 환하게

젖는 것입니다.
한바탕, 새로, 저항해야,
깨어나는 것입니다.

발문

죽음의 사랑과 고통의 언어로 지은 집

정지창 (문학평론가)

죽음을 기억하고 호출하는 방법은 다양한 형식으로 나타난다. 제사와 천도제, 씻김굿과 추도식 같은 의식이나 무덤, 묘비명, 추모공원 같은 조형물로. 그리고 때로는 그림과 음악과 시, 소설, 드라마나 영화 같은 예술의 형식으로. 그런데 이런 모든 의식과 상징적·예술적 표현들은 기본적으로 죽은 자를 위한 것이 아니라 산 자를 위한 것이다.

파울 첼란의 시집 『죽음의 푸가』와 프리모 레비의 시집 『살아남은 자의 아픔』은 죽은 자들을 위한 진혼곡의 형식을 빌리고 있지만, 실은 살아남은 자의 죄의식을 완화시키고 이 냉혹한 세상을 살아낼 힘을 얻기 위한 제문祭文

이자 기도문이다. 그러나 이런 시편들이 생존자인 시인을 구원하여 정상적인 생활인으로 되돌려 놓는 것은 아니다. 죽음의 트라우마는 끊임없이 그의 언어에 균열을 일으키고 의식을 옭죄기 때문이다. 아우슈비츠에서 살아남은 첼란은 40세를 넘기지 못하고 세느강에 뛰어들어 스스로 생을 마감했다. 집단 수용소에서 구출된 후 강인하고 끈질기게 죽음을 기억하고 관찰하고 기록하여 작가로 명성을 얻은 레비도 68세의 노년에 우울증으로 자살했다. 예민한 감수성을 가진 시인에게는 죽음의 기억을 호출하는 언어를 골라내고 다듬고 쌓아 올려 시라는 집을 짓는 일이 자신의 수명을 단축시킬 만큼 엄청난 고통이었을 것이다.

이하석의 시집 『천둥의 뿌리』는 대구라는 도시에서 벌어진 집단적 죽음의 기억을 불러내어 고통의 언어로 지어낸 집이다. 그런데 이것이 번듯한 사당이나 기념관이 아니라 조촐한 초막으로 지어진 이유는 집단적 죽음의 기억들이 아직 공식적으로 복원되지 못하고 원혼들이 아직도 천도遷度되지 못한 채 구천을 떠돌고 있기 때문이다. 이 도시에 살면서 늘 부채의식에 시달려 온 시인은 혼신의 힘을 다해 고통의 언어로 가까스로 기둥을 세우고 얼기설기 서까래를 엮어 중음신들이 임시로 거처할 오막살이 한 채를 마련하였다. 그리고 떠듬거리며 이렇게 고백

한다. "나 역시, 여전히, 죽음의 사랑을 제대로 말 못 합니다."(「시인의 말」).

'죽음의 사랑'이란 무엇인가? 시인은 한 어머니의 입을 빌려 이렇게 말한다.

아들아,
목구멍 넘기는 침묵의
가시가 자꾸 걸리는구나.

어미는 아직도,
무덤도 없는 죽음의 사랑을
— 사로잡히지 않는 말로도 —
말 못 한다.

—「어머니는 말합니다」 전문

세월이 흘렀지만 언제, 무엇 때문에 죽었는지도 모르고 "무덤도 없는 죽음", 법의 보호에서도 제외되어 재판도 없이 처형된 '호모 사케르'homo sacer, 그 죽음을 잊지 않고 기억하여 복원시키려는 애틋한 사랑은 어떤 말로도 온전히 표현할 수 없다. 가슴속에 뭉쳐 있는 뜨거운 사랑의 불덩어리를 끄집어내려 해도 침묵을 강요하는 온갖 금기와 감시와 검열의 트라우마 때문에 말은 가시처럼 목에 걸려 나오지 못한다. 오죽하면 시인은 "사랑을 고백하면서,/당신이 내게서 점점 더 멀어지기를 꿈"꿀까(「사랑에 대하여」).

이 시집의 1부에는 이런 고통의 언어로 죽음의 기억을 되살리고 죽은 이들을 향한 사랑을 표현하는 일의 난감함이 곳곳에 노출돼 있다. 시를 쓰는 것도 빗물에 쓸려 나온 유골을 수습하는 것만큼이나 지난한 일이다.

> 시를 쓰려 하니
> 기억마다 말끝마다
> 살았던 뼈들이 부스럭거린다.
>
> —「시를 쓰려 하니」 부분

"강요된 침묵의 소란한 안마당에서"(「사랑에 대하여」) 죽음의 기억은 잉걸불처럼 활활 타오르지 못한다. 그저 밥그릇에 담긴 잉걸불처럼 점점 사위어 가며 재가 될 뿐이다(「죽음의 기억은」). 그리고 천둥처럼 울려 퍼지지 못하고 침묵 속에 묻히고 만다. 또한 죽음의 기억은 "집 나온 길"처럼 "구불구불" 굽이치며 "남은 우리 삶들을 곧잘/막다른 골목 끝에 뚝, 뚝, 세워놓는다"(「또한 죽음의 기억은」).

죽음의 기억을 정확하고 거짓 없이 전달하기 위해서는 날렵하고 튼튼한 말을 골라 능수능란하게 부려야 한다. 말[言語]을 부리는 것은 말[馬]을 부리는 것처럼 어렵다.

죽음의 진실과 고통을 제대로 담아내지 못하는 어설픈 말에 올라타 채찍질을 하는 나는 "아주 극악한 놈"이고 "당신의 살해자"라는 자의식이 시인을 괴롭힌다. 그리고 그러한 고투 속에서 건져낸 몇 마디의 말도 "견고한 모래알의 그늘"처럼 "산 자의 혀에 씹"히고, 그래서 언어가 고갈된 시인은 "마른 저수지 바닥처럼/면목 없"어 고개를 떨군다(「말에 대하여」).

그러나 인간 세상의 일과는 아무 상관도 없이, 죽음의 기억을 딛고 생명은 움터 어느덧 신록으로 피어난다. "죽음 자리가, 저렇듯,/푸르름으로/무성할 수 있다니!"(「신록 1」) 학살된 자들이 묻힌 곳에는 이제 돼지감자가 우거져 숲을 이루고 있다.

1

왜 잔인한 기억의 흙들에 뿌리내려 저리 퍼렇게 우거질까? 슬금슬금 밭떼기 가에서 솟아오르더니 여름 오기 전 못된 질문처럼 숲을 이룬다.

2

여름이 지쳐갈 무렵 노란 꽃들이 숲의 상부에 피어나 마구 주위를 살핀다. 자신의 뿌리 감추려 눈치 보는 걸까? 그 뿌리들이 여전히 주검들에 닿아 있다면, 가을에 밭주인은 울퉁불퉁하게 뭉쳐진 덩어리들을 캐내면서 문득 새로 드러나는 대답의 뼈들인가 싶기도 하리라.

3

돼지감자 뿌리는 당뇨 등에 좋단다. 주검들이 북돋워서 무성하게 했다면, 저 숲 갈아엎어 그 뿌리 맺힌 응어리들을 수확한 게 내 트라우마인 그리움의 치료약이 되기도 할까? 뚱딴지* 같으니라구? 글쎄, 저것들 점점 더 번져나가 총살한 이들 파묻은 언덕 덮은 것 보라구. 그게 자연스럽다면, 숨기려는 게 아니라 보듬는 것 아니겠어?

—「돼지감자」 전문

시인은 처음에 "잔인한 기억의 흙들에 뿌리내려 저리 퍼렇게 우거"져 여름이 되기도 전에 "못된 질문처럼 숲을 이룬" 돼지감자의 왕성한 생명력에 거부감을 느낀다. 늦여름에 피어나는 노란 돼지감자꽃은 주검에 닿아 있는 자신의 뿌리를 감추려고 눈치를 보는 것 같다. 마치 죽음의 기억을 외면하고 당장의 먹고사는 일에만 몰두하는 뻔뻔한 우리 후손들처럼.

그러나 가을이면 피하고 싶은 질문에 대한 대답인 양, 파묻혀 있던 돼지감자 덩어리들이 캐내져 모습을 드러낸다. 주검으로 비옥해진 흙에서 울퉁불퉁 굵어진 돼지감자는 몸에 좋은 약도 된다니, 그렇다면 저 무성한 뚱딴지(돼지감자의 별칭)의 생명력이 주검을 숨긴 것이 아니라 보듬어 안아 새 생명으로 재생시킨 것. 죽음의 트라우마를 극복하고 채워지지 않은 그리움을 치료할 수 있는 약은 결국 저 돼지감자의 생명력이 아닌가.

그렇다면 생명의 무심한 치유력에 의해 꽃이 피어나듯, 죽음도 언젠가는 꽃처럼 스스로 피어나 끝내 밝혀지기 마련이다. 1부의 마지막에 배치된 「꽃」은 고통의 언어로 죽음의 기억을 호출하는 초혼招魂 비나리다. 시인의 언어는 떠듬거리는 고통의 신음 소리를 지나 신기 어린 무당의 비나리처럼 힘찬 리듬과 율동을 획득한다.

꽃은 자신만을 최대한
밝힌다.
자신을 한껏 피우는 것이다.

그러나 우리에게 죽음은
스스로 밝히려 하지 않더라도
끝내 피어나리라.

우리가 껴안은 죽음이
나만의 것으로 밝혀지지 않고

우리 모두의 살해임이 드러나리라.
그렇게 밝히리라.

그렇게, 끝내 피어나리라,
밝히리라,
우리들의 꽃은.

자신을 최대한 밝히는 게 꽃이듯,
그래, 자신을 한껏 피우는 것만이
우리들의 꽃이므로.

—「꽃」 전문

이제 신내림을 받은 시인은 시공간을 뛰어넘어 1946년 10월 이후 대구에서 벌어진 죽임과 죽음을 현장에서 본 듯이 재현한다. 2부에 배치된 시편들은 오래된 흑백사진처럼 흐릿하지만 오히려 생생하게 진실을 증언한다.

「발인 1」, 「발인 2」, 「발인 3」, 「발인 4」는 1946년 10월 1일 경찰의 발포로 쓰러진 한 시민의 시신을 떠메고 대구의전 앞에 집결한 만 명의 군중이 삼덕네거리를 지나 중앙로를 거쳐 대구경찰서로 향하는 모습을 네 컷으로 나누어 보여준다. 이어진 「노제」는 10월항쟁의 죽음들과 그들의 죽음을 복원하기 위해 길에 나선 후손들을 하나로 연

결하는 제문이다.

「처형」은 1951년 4월 대구 송현동에서 자행된 민간인 집단학살을 미군이 촬영한 네 장의 사진을 네 연의 시로 재현하고 있다. 여덟 명을 불러내어 굴비처럼 엮은 다음 각자 삽으로 자기가 묻힐 구덩이를 파게 한다. 그런 다음 여덟 명의 헌병이 이들을 총으로 쏘고 묻어버린다. 이렇게 해서 이들은 행방불명으로 망각의 역사 속에 버려진다.

불경처럼 "이와 같이 들었다"[如是我聞]는 구절로 시작하는 「아기도 위기를 느꼈을까?」는 시인이 들은 생존자의 증언이다.

이와 같이 들었다. 헌병들이 갑자기 들이닥쳤다. 여자는 그들 몰래 아기를 풀꽃바구니인 양 담장 밖 풀숲에 던져버렸다. 남편과 함께 끌려 가며 여자는 자꾸 뒤를 돌아보았다. 행여 울음소리가 들려 아기마저 잡혀 가 죽지 않을까 걱정이 됐던 게다. 담 밖에선 아무 소리도 들리지 않았다. 아무, 소리도, 들리지, 않았다. 아무소리도들리지않았다. 부부가 끌려서 동네를 나가자 비로소 아기 울음이 꽃처럼 왈칵, 솟아났다. 마을 사람들이 안아올리자 엄마를 찾아 크게 울어댔다. 아기는 어떻게 오랫동안 고요할 수 있었을까? 본능적으로 제게 닥친 위기를 느끼고 그들이 사라질 때까지 울음을 참았을까? 어쨌든 그렇게 아기는 살아 남았다. 여전히 버려져서, 돌아오지 않는 어미 애비를 기다린다.

—「아기도 위기를 느꼈을까?」 전문

"담 밖에선 아무 소리도 들리지 않았다. 아무, 소리도, 들리지, 않았다. 아무소리도들리지않았다." 생사가 갈리는 긴박한 순간을 시인은 노련한 연극 배우처럼, 아니 신들린 무당처럼, 독자들에게 생생하게 재현하여 보여준다. 잔혹한 죽임의 순간에도 죽음보다 강하게 연약한 아기를 잡아끄는 생명의 본능 앞에 우리는 숙연하게 옷깃을 여밀 수밖에 없다. "여전히 버려져서, 돌아오지 않는 어미 애비를 기다린다"는 마지막 구절이 가슴을 친다.

「컨테이너」는 1950년 여름 대구 근교 경산의 코발트 광산에서 집단학살된 수많은 민간인들의 유골이 2005년 발굴되었으나 갈 곳을 찾지 못하고 컨테이너에 방치되어 있는 상황에서 시작된다. 원혼들을 불러내어 달래는 씻김굿판에서 유족들은 천둥처럼 소리친다. "죽은 이의 뼈에 어데 적이 있고/내 편이 있노? 이 뼈들에/빨갱이가 어데 있노?"

그런데 2014년 9월 광주비엔날레에 초대된 작가 임인욱은 경산과 진주 학살자들의 유골을 두 대의 컨테이너에 실어 광주까지 운송하여 비엔날레 전시관 앞에 전시하는 퍼포먼스를 기획하였다. 경산 코발트 광산의 유골들은 노천에 방치된 컨테이너에 보관 중이었고, 2002년 태풍으로 인한 산사태로 드러난 진주의 유골들은 임시로 컨테이너에 수습되어 있었다. 유족들이 노제를 지내고 두 컨테이너를 이송하는 과정과 두 눈을 가린 채 영정을 든 경산과 진주의 유족들을 광주의 오월 유족회 어머니들이 맞이하는 장면이 촬영되어 전시관에서 원하는 관람객들에게 영상물로 제공되었다.

그러나 컨테이너에 안치된 유골들을 전시장을 찾는 모든 관람객에게 보여줌으로써 아직도 해결되지 않은 현대사의 비극을 부각시켜 '밝힐 수 없는 공동체, 헐벗은 삶, 죽음'을 성찰하도록 유도하려는 작가의 의도는 주최 측의 검열로 원천봉쇄되고 말았다. 두 개의 컨테이너는 전시장 앞 광장에 배치되었으나 문이 굳게 걸어 잠긴 채 전시 기간 내내 공개되지 않았다. 관람객들은 이 컨테이너 안에 무엇이 들어 있고, 왜 입구 광장에 놓여 있는지 전혀 알 수가 없었고, 언론이나 비평가들도 이 문제를 외면하였다. 오히려 홍성담 작가의 현실비판적 풍자화의 전시 여부를 둘러싼 작가들과 주최 측의 갈등은 국내 언론에 크게 보도된 반면, '네비게이션 아이디'라는 임 작가의 야심

찬 작품은 외신들만이 대대적으로 보도했을 뿐 국내 언론 매체들은 철저히 무시해 버렸다.

결국 문제의 컨테이너는 전시 기간이 끝난 후 경산의 코발트 광산으로 돌아와 "안착할 수 없는/죽음의 역사,/그 깜깜한 구덩이/곁"에 여전히 방치된 채로 남아 있게 되었다. 이러한 일련의 과정은 죽음을 은폐하려는 보이지 않는 손길이 은밀하고 치밀하게 아직도 작동하고 있음을 보여준다.

시인은 그러나 쓰러져 묻힌 이들의 육신이 싹을 틔워 꽃으로 피어날 것을 믿는다. 그리고 그들이 불렀던 노래가 영원히 사라지지 않고 울려 퍼질 것을 예감한다. "땅에서 넘어진 자는 땅을 짚고 일어"(「발인 1」에 인용된 지눌 스님의 말씀)서기 마련이니까.

총알 받은 몸이사
콩알처럼 나뒹굴었지.

마침내 비가 올 게야.
그 젖은 땅에서
콩이 싹트듯

내가, 우리가

날 거야.

죽기 전 저항의 노랠 불렀으니
모두 영원이 되고
불멸이 될 거야.

그래, 그래,
새벽의 어둠이 우릴 피워 올리기 위해
마구 수런거리겠지.

마침내 너끈히 세계의 상공에
꽃들 뽑아 올려질 거야.

—「불멸의 노래」 전문

「나무들」은 매년 7월 31일 합동위령제가 거행되는 가창댐 주변의 나무들을 가리킨다. 몇 년 전부터 대구의 10월문학회 회원들과 이하석 시인은 이 위령제에 참석하여 유족들과 함께 절을 올리고 국화꽃을 제단에 바친다. 그러나 학살터에 무성하게 자란 나무들은 한여름의 뜨거운 햇볕에도 "속속들이/환해지진 않는다". 그리고 "묵념하다 문득/올려다본" 우듬지에는 "조기처럼,/또는 국가보안법인 양" "골 아래서 날아온/검은/비닐"이 걸린 채 내려다보고 있다.

이처럼 썩지도 않는 검은 비닐 쓰레기처럼 국가보안법이 음험한 눈초리로 내려다보는 한, 인간의 제사는 온전한 해원상생의 의식이 되지 못한다. 그래도 학살터에는 "봄엔 제비꽃과 민들레꽃들만 낭자하게 속 터트려 덮더니,/여름 들자 수만의 망초꽃들 솟아올라 뭇 색色들을 점령해버"린다. 이것은 "철마다 이 강산에서 서럽게, 당연하게 이어지는/제사"(「꽃 제사」), 즉 불완전한 인간의 제사를 대신하여 자연이 스스로 마련한 꽃 제사이다.

가창댐에서 멀지 않은 곳에는 수많은 민간인들이 학살된 중석광산이 있다. 아파트 단지가 들어선 이곳 주민들은 일상적으로 죽음의 기억들을 만난다. 「중석광산골」은 이곳을 삶의 터전으로 삼고 있는 사람들이 할 말을 하지 못하고 침묵 속에 갇혀 있는 고통을, 나무들에 의탁하여 절묘하게 드러내고 있다.

이쯤 또는 저쯤,
금기와 욕망의 거리 사이에서
나무들이 솟아납니다.
죽음의 기억이 무성해지는 게지요.

학살이 왜 그렇게 유행했던가요?

이마 빛나던 혁명가도, 한 노래로 농사짓던 아비도, 안으로만 제 몸 짓뭉개던 예술가도, 바깥 꿈꾸던 아나키스트들도, 권력에 자를 들이대던 노동자들도
모두 한 구렁에 처넣어져버렸습니다.
셀 수 없었던 그 주검들 다 제대로 썩었는지
아직 백골이나마 남은 게 있는지
70년이 되어가도록 끊임없이
그 기운 물과 함께 전신 타고 오르는지
나무들이 해마다 더 독하게 푸르러집니다.

가을로 접어들어서야
나무들은
우거진 침묵의
마음
색색으로 풀어서
드러냅니다.
제 독기
수줍게 벼리지 못해
온 마음의 갈피들
붉게 노랗게 물들여선
바람에 실어
버립니다.

내년 봄이면 더 새파랗게 돋아날 텐데도.

—「중석광산골」 전문

이제 시인은 유족들의 삶에 주목한다. "죽음을 같이 안고//살아가는 이들은,//저희들끼리 속삭일 때도//자주 말톱을 깎는다.//말톱 부스러기들 쓸어 모아//각자 쓰레기통에 버리는//그 비밀스런 의식儀式 때문에//갑자기, 버럭, 정을 내며//서로 돌아본다."(「살아가는 이들은」 전문) 여기서 '말톱'은 '손톱'이나 '발톱'의 변형임을 독자는 쉽사리 알아차린다.

그렇다면 '말톱'이란 무엇을 가리키는가. 말에도 손발이 있어 말톱이 자란다는 말인가? 손톱이나 발톱이 길게 자라면 깎아내 쓰레기통에 버리듯, 말을 주고받을 때 필요 없는 군더더기를 잘라내고 핵심적인 내용만을 몇 마디 말로 전달한다는 뜻일까? 아니면 손톱이나 발톱이 길면 혹시라도 상대방에 상처를 줄까 봐 미리 깎아내는 것처럼 말을 주고받을 때도 조심조심 말을 아낀다는 뜻일까? 그런데 유족들은 왜 말 한마디에도 그렇게 조심하는 것일까?

짐작컨대 이들은 언어의 폭력, 즉 '말톱'에 할퀴어 숱한 상처를 받으며 살아왔기 때문일 것이다. 가령 '빨갱이 자식'이라는 말은 예리한 손톱처럼 그들의 가슴에 지워지지 않는 상처를 남겼을 터이다. 그래서 이들은 늘 조심을 하는데도 어떤 순간에는 상대방이 무심코 던진 한마디에 상처가 덧나 버럭 성을 내기도 한다. 이것은 "죽음을 같이 안고//살아가는 이들"이 서로를 확인하고 동병상련의 정을 나누는 방식, 즉 "정을 내며//서로 돌아"보는 "비밀스런 의식儀式"(「살아가는 이들은」)이 아닐까? 사실 이들이 서로를 살붙이처럼 여기는 동류의식을 공유하고 있는 것은 그들의 아버지들이 다 같이 "행방불명으로 있"다는 "죽음의 구조"(「죽음의 구조만이」) 때문이다.

역사의 격랑에 휩쓸려 증오와 차별에 짓눌리며 오로지 생존만을 위해 "강물 아래 엎드린 돌같이/살아"(「그녀에게 삶은」)낸 한 유족의 삶은 눈물겹다기보다는 외경스럽다. 그녀의 살아온 얘기를 들으며 시인은 그녀의 기억 속에서 수런거리는 우레와 천둥의 뿌리가 먹고사는 문제, 즉 "희디흰 생계"에 있다는 것을 확인한다. "그녀에게 애비의 죽음은/구름 같은 밥의 질문 안에 있"다. 유족으로 산다는 것, 그것도 한 여자로서 산다는 것은, "분홍 아이스크림의/그 단맛 나는 길"(「애비의 죽음은」)을 포기하는 것을 의미한다. 연애와 결혼과 가정과 자식 같은 모든 세속적인 즐거움을 포기함으로써 색깔과 맛이 배제된 삶, 무색무미의 "희디흰 생계", 오로지 먹고사는 데만 급급한, 생명을

유지하기 위한 생존 투쟁으로서의 삶. 그것은 애비의 죽음과 침묵 속에 뿌리를 내리고 있다.

뭇 것들의 무덤인
이 땅에서
우리를 지펴줄
푸른 불의 숲이 무성하게
우거지고 있습니다.

사랑은 어서 오라고 안달하지 않습니다.
반대로 끓어 넘치지요.

—「신록 2」 전문

죽음의 땅에서 숲이 우거지듯, 사랑은 저절로 끓어 넘친다. 아직까지 침묵과 망각이 죽음의 기억을 에워싸고 있지만, 언젠가 때가 되면 "어서 오라고 안달하지 않"아도 사랑의 불은 우리를 지펴줄 것이라고 시인은 믿는다. 그러니 "내가 돌로 굳을/죽음의 사랑을 가지고 있다면/기다림이 오히려 꼭꼭 창을 닫"는 역설도 참아낼 수 있다. 왜냐하면 우리가 바라는 미래가 "머뭇머뭇" 좀처럼 오지 않고, "희뿌옇"고 불투명해도 "끊임없이 바람의 질문들이 (그것들을) 에워쌀 테니까".

문제는 "돌로 굳을" 만큼 간절하고 영원한 "죽음의 사랑"(「내가 돌로 굳을 사랑을 가지고 있다면」)이다. 그러한 사랑은 아이가 "백발 되어/죽음의 사랑의 잔광殘光마저 탕진"(「별지기」)된 다음에도 대를 이어 그의 어린 자식에게 전해지게 마련이다. 그리하여 언젠가는 억울한 뭇생명의 죽음에 가위눌린 도시 대구는 침묵을 깨고 저항의 기지개를 켜며 깨어날 것이다.

비슬산의
숭엄과 신화의 바위가
검은 속 왈칵왈칵 쏟아내어
질펀한 서사를 이룬 것입니다.

그 물 대구시내 들어오는
가창 끝머리쯤에서
많은 죽음들 품어 쓰다듬는 할머니가 떠먹고,
한바탕, 서러운 술을 깨우는 것입니다.

그렇지, 그 깨움을 들고서야 겨우,
어미 강이 되는 것입니다.
수달이든 왜가리든 고라니든 인간이든
산 것들 입에 젖 물린 채

마구 불어나는 것입니다.

그 죽은 이들의 자식들 여전히 여기서 자라기에
대구분지는 그렇게 문득 또, 환하게
젖는 것입니다.
한바탕, 새로, 저항해야,
깨어나는 것입니다.

—「신천」 전문

이하석 시집

천둥의 뿌리

초판 1쇄 발행 2016년 9월 19일
초판 2쇄 발행 2017년 8월 1일

지은이 이하석
펴낸이 오은지
책임편집 변홍철
펴낸곳 도서출판 한티재 등록 2010년 4월 12일 제2010-000010호
주소 42087 대구시 수성구 달구벌대로 492길 15
전화 053-743-8368 팩스 053-743-8367
전자우편 hantibooks@gmail.com 블로그 www.hantibooks.com

ISBN 978-89-97090-59-4 03810

책값은 뒤표지에 있습니다.

이 도서의 국립중앙도서관 출판예정도서목록(CIP)은 서지정보유통지원시스템 홈페이지(http://seoji.nl.go.kr)와 국가자료공동목록시스템(http://www.nl.go.kr/kolisnet)에서 이용하실 수 있습니다. (CIP제어번호: CIP2016021042)